幼儿全脑智能开发

伊索寓言

编写：[韩] Design Cooky

绘画：[韩] 刘京之 [韩] 江念铢

翻译：沈丽鸿

青 岛 出 版 社
Qingdao Publishing House

自己动手制作一本童话书吧!

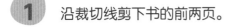

1 沿裁切线剪下书的前两页。

2 如图,将剪下的页面从中间剪开。

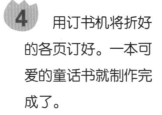

3 将剪开的各小页面按顺序折好。

4 用订书机将折好的各页订好。一本可爱的童话书就制作完成了。

伊索寓言

 姓名：

伊索寓言

"但是，蝙蝠，你属于哪支队伍呢？"狮子问。

"你是属于走兽，还是属于飞禽呢？"秃鹫也不客气地问。

重新言归于好的走兽和飞禽都很讨厌蝙蝠。"你总是一会儿站在这边，一会儿站在那边，没有立场，我们都不会再接纳你了。"

蝙蝠惭愧地低下了头，他躲进洞里，藏了起来。

从此以后，蝙蝠白天总是躲在黑黑的洞里，夜幕降临后才出来活动。

牧羊少年

牧羊少年在山上的草地里牧羊，他感到很无聊。

"哎！真没意思！能不能找点有趣的事做呢？"

牧羊少年躺在草地上，心中萌生出一个念头。

"对了，如果我大喊'狼来了'，肯定能把村子里的人吓一大跳！"

蝙蝠

很久以前，走兽和飞禽之间发生了一场战争。

飞禽们用尖尖的嘴巴和锋利的爪子对走兽们进行攻击。走兽们也毫不示弱，他们用锋利的牙齿和有力的臂膀来奋力还击。

蝙蝠搞不清自己应该站在走兽那边还是飞禽那边，只好呆呆地看着大家战斗。

6

这一次，走兽们被飞鸟们的利爪和尖嘴所伤。于是，蝙蝠找到了鸟王秃鹫，

说："尊敬的鸟王，请您看看我的翅膀，我绝对应该属于飞禽。"

"好吧，你就跟我们一起参加战斗吧。"秃鹫说。

站到飞禽们的队伍里的蝙蝠同样没有热心参战，仍然只是在一旁观望。

有一天，飞禽和走兽觉得继续战斗下去对双方都没有好处，决定讲和。

10

于是，牧羊少年冲着村庄大声地叫喊起来："不好了，狼来了！"

听到牧羊少年的喊叫声，正在田间劳作的村民纷纷拿着农具慌忙跑上山来。

"狼在哪里？狼在哪里？"大家紧张地问。

"哈哈……根本没有狼，我只是因为太无聊了才胡乱喊叫的。"牧羊少年哈哈大笑着说。

"你说什么？你这个小家伙，撒谎可不是好行为！"说完这话，村民们就都下山去了。

3

有一天，蝙蝠看见一只在战斗中受了伤的鸟十分艰难地飞行着，心里很害怕，便马上跑到兽王狮子那里，对他说："尊敬的大王，我和老鼠长得差不多，分明属于走兽！"说这话的时候，蝙蝠把自己的翅膀往身后藏了藏。

"那好，你就跟我们一起战斗吧！"狮子大声地说。

得到了狮子的认可，蝙蝠很高兴。可是，再次战斗的时候，蝙蝠并不加入走兽的队伍，他只是远远地躲在后面，观察事态的发展。蝙蝠期望自己永远都能站在有利的一方。

8

此后几天，牧羊少年又喊了几次"狼来了"。刚开始，村子里的人还会跑来。渐渐地，大家知道这不过是牧羊少年的恶作剧，就都不再来了。

但是，有一天，羊群附近真的出现了一群大灰狼。牧羊少年拼命地大喊："救命啊！这次狼真的来了，快来救救我啊！"

"准是又在撒谎！"

"可恶的家伙，又在骗人！"

村子里的人已经不再相信牧羊少年的话了，谁也没有赶来救他。因此，牧羊少年的羊都被狼吃光了。牧羊少年尝到了撒谎的苦果。

5

无聊的牧羊少年

在草地上放牧的少年觉得十分无聊，他想："我干点什么有趣的事情来打发时间呢？"

请参照图中圆点所显示的颜色给各圆点所在的区域涂色。

狼来了！

牧羊少年冲着村庄大声地喊叫起来："不好了，狼来了！"
请从下面的三幅小图画中找出与上面的图画中的影子相符合的图。

被吓坏的村民们

听到牧羊少年"狼来了"的喊叫声，村民们急忙跑来打狼。
请为图画中的三位村民分别找到能够到达牧羊少年身边的路。

哈哈，我在说谎。

牧羊少年看到村民们纷纷跑来，十分开心。
请找出合适的贴图贴在相应的位置上，完成这幅图画。

一只绵羊

请依照上面的图画补充完成下面的图画。

请依照上面的图画补充完成下面的图画。

哈哈，又上当了。

牧羊少年又用谎话欺骗了村民们。
请仔细观察、比较上下两幅图画，找出它们的十个不同之处。

生气的村民们

牧羊少年一再说谎，村民们非常生气。

图画中有五处画得不对的地方，请找到合适的贴图
贴在相应的位置上，将图画修正好。

我好害怕啊！

羊儿正在悠闲地吃草，这时，草地上出现了什么？

请找出合适的贴图贴在相应的位置上，完成这幅图画，你就知道答案了。

快来救我！

狼真的来了，牧羊少年想赶快逃回村子去。
请帮助牧羊少年找到一条回村子的路。

撒谎的少年

村民们再也不相信牧羊少年说的话了。
请依照上面的图画补充完成下面的图画。

呜呜……我该怎么办呀?

牧羊少年为什么哭泣呢?

请用线将两组不同颜色的数字1-10分别连接起来,并涂色,你就知道答案了。

鸟兽大战

很久以前，走兽和飞禽之间发生了一场战争。
请先仔细观察图画中的影子，然后找出相应的贴图贴上。

会是谁的呢？

左侧的图是右侧动物身体上的一部分，请将有关系的两幅图用线连接起来。

秃鹫

秃鹫正在展示自己尖利的嘴巴和有力的翅膀。
请参照图中圆点所显示的颜色给各圆点所在的区域涂色。

走兽们胜利了！

狮子和大象在向飞禽们展示各自的锋利牙齿和强健体魄。在这场战斗中，走兽们胜利了。

看到树干上的动物影子了吗？它是右侧三个动物中的哪一个的影子？

寻找隐藏的物品。

请先找出合适的贴图贴在相应的位置上，再仔细
观察图画，找找看：上面有哪些物品？

蝙蝠要求参战。

走兽们取得胜利后，蝙蝠找到狮子，要求加入走兽的队伍。
请帮蝙蝠找到一条能够避开飞禽们通往狮子处的路。

蝙蝠和谁是同类呢？

请顺着梯子下去，帮助上面的图画中的动物们寻找到它们各自的同类。

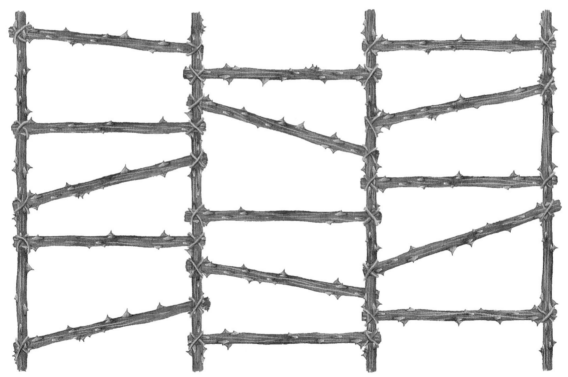

飞禽们胜利了！

飞禽们用他们的尖嘴和利爪攻击走兽们，使走兽们仓皇而逃。
请找出合适的贴图贴到相应的位置上，完成这幅图画。

蝙蝠请求加入飞禽的队伍。

蝙蝠在向谁请求要加入飞禽的队伍呢？
请用线将三组不同颜色的数字1-10分别连接起来，并涂色，你就知道答案了。

蝙蝠躲了起来。

飞禽和走兽和解后，谁都不愿意接纳蝙蝠，蝙蝠惭愧地躲了起来。
蝙蝠躲在哪里呢？按照图下的箭头所指示的方向走格子，你就能找到蝙蝠的家。

 →→→↓↓↓↑→↓↓←←←←↓↓→→↓↓↓→→↑↑↑

孤单的蝙蝠

讲和后的走兽和飞禽多高兴呀，只有蝙蝠非常孤单。

请发挥你的想象力，给图画涂上美丽的色彩吧！

看图识字

请用线将动物和它们各自的名称连接起来。

大象

蝙蝠

猫头鹰

松鼠

 你答对了吗？

第8页

第9页

第12页

第13页

第15页

第17页

第19页

你答对了吗？

◉ 第21页

◉ 第22页

◉ 第23页

◉ 第24页

◉ 第25页

◉ 第26页

◉ 第27页

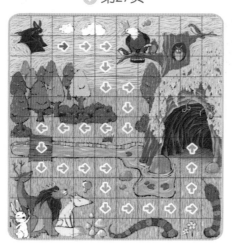

◉ 第29页

大象
蝙蝠
猫头鹰
松鼠

做个蝙蝠洞吧！

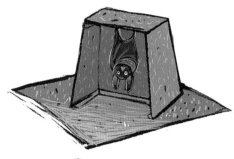

1 沿裁切线将制作材料页上的图画裁切好。

2 沿折线将各部分折好。

3 在"涂胶水处"涂上胶水后，粘贴到相应的"粘贴处"，蝙蝠洞就做成了。

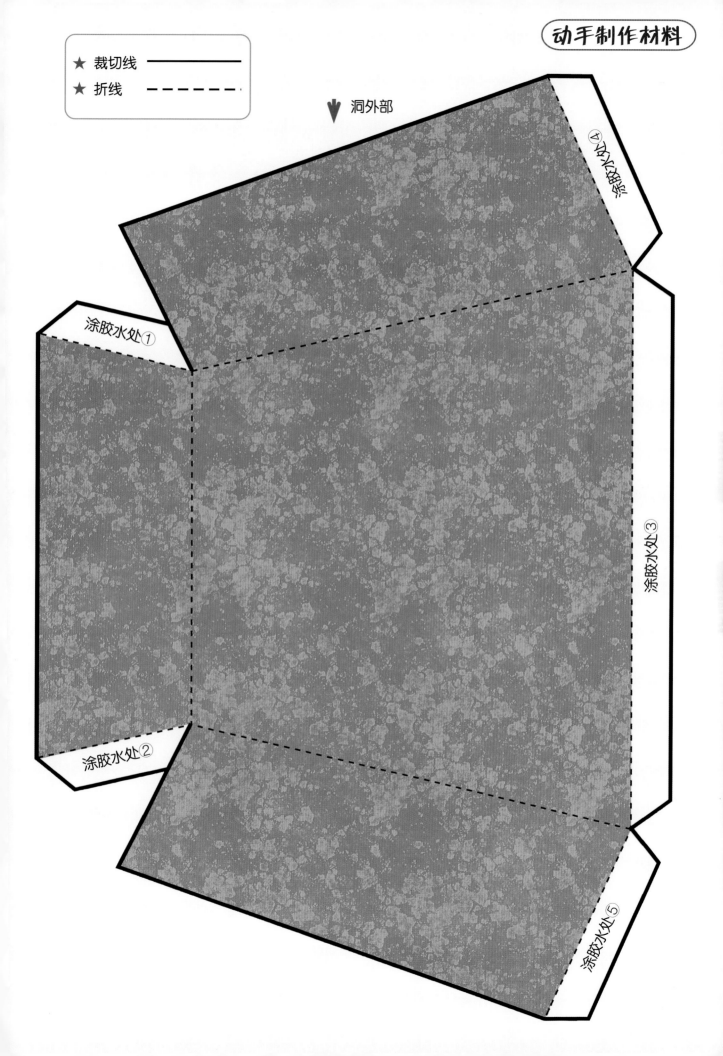

动手制作材料

★ 裁切线 ————
★ 折线 — — — —

洞外部

涂胶水处①

涂胶水处②

涂胶水处④

涂胶水处③

涂胶水处⑤

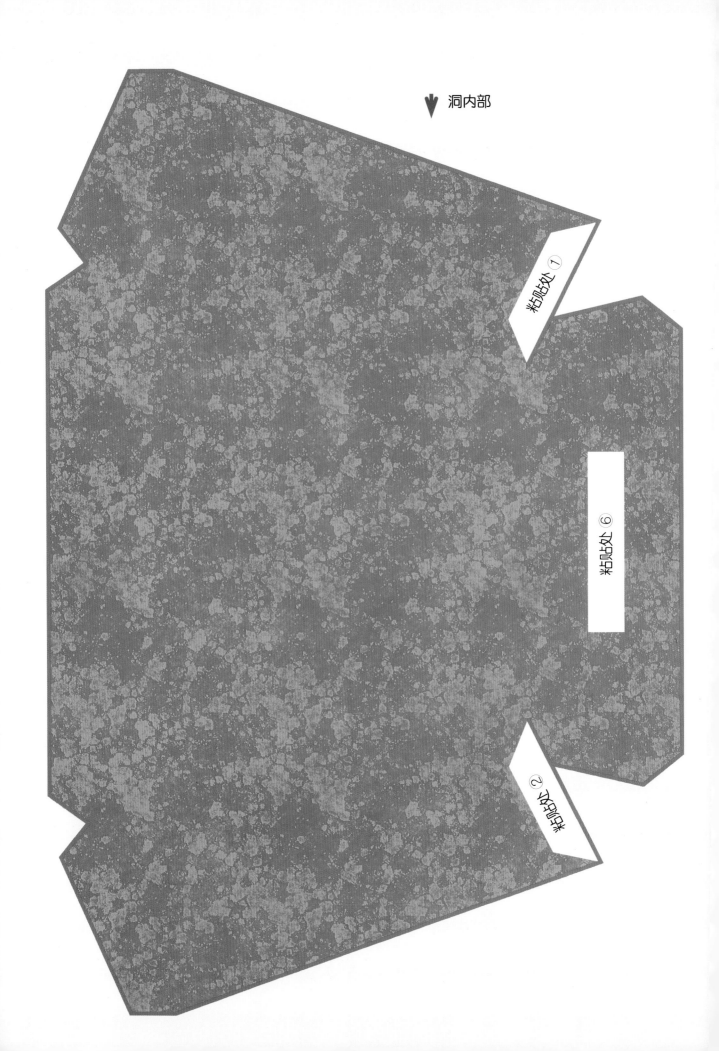

洞内部

粘贴处 ①

粘贴处 ⑥

粘贴处 ②

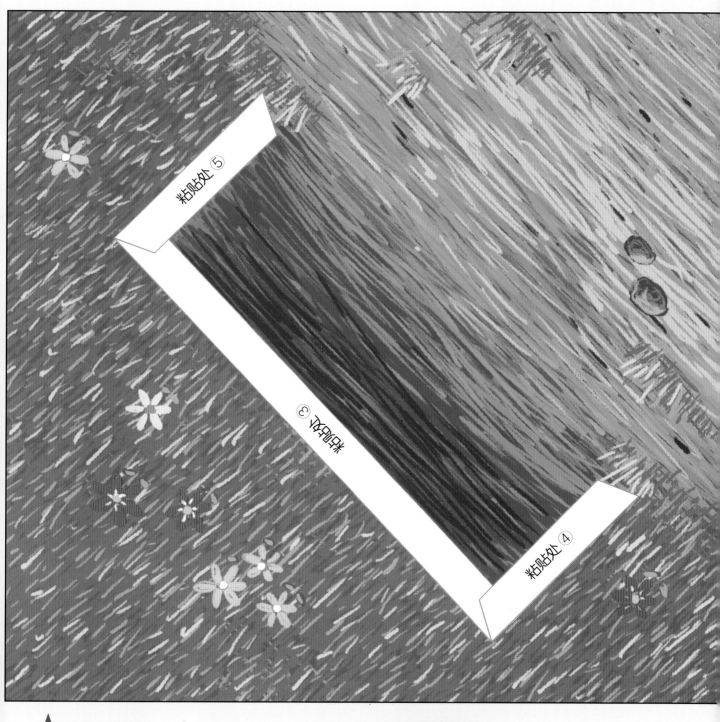

粘洞穴的底板

倒悬的蝙蝠

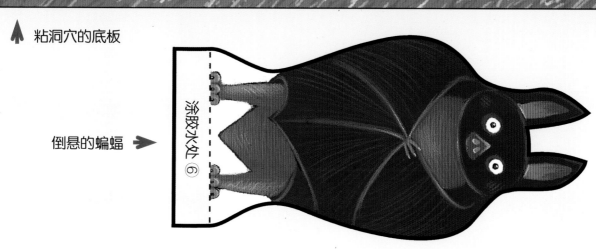

第10页

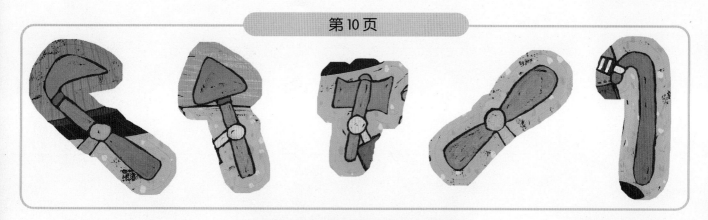

第13页

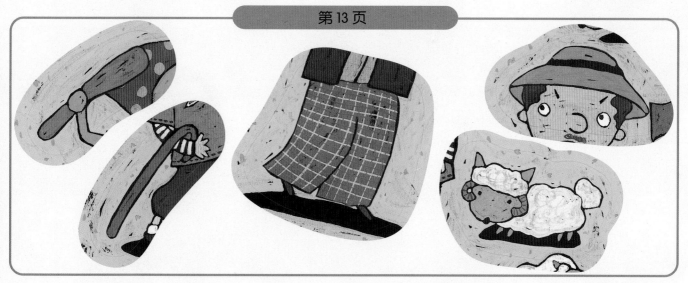

第14页

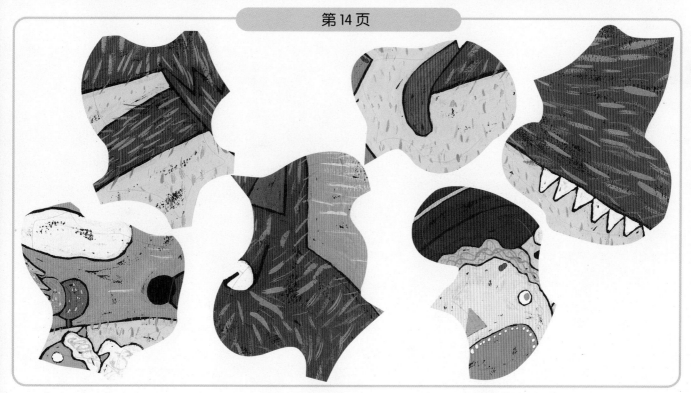

第18页

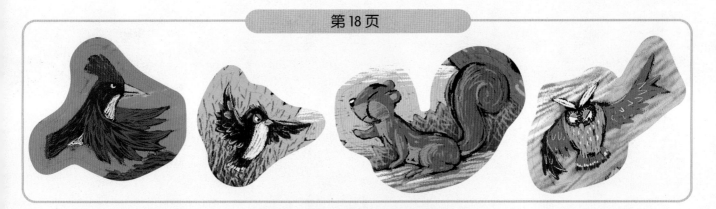

第22页

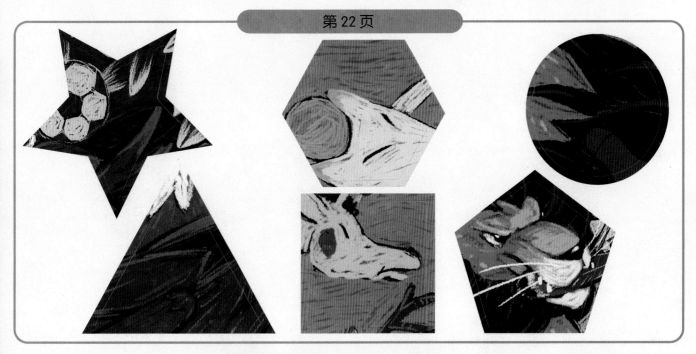

第25页